제웅의 노래

시작시인선 0394 제웅의 노래

1판 1쇄 펴낸날 2021년 10월 22일
지은이 진하
펴낸이 이재무
책임편집 박은정
편집디자인 민성돈, 장덕진
펴낸곳 (주)천년의시작
등록번호 제301−2012−033호
등록일자 2006년 1월 10일
주소 (03132) 서울시 종로구 삼일대로32길 36 운현신화타워 502호
전화 02−723−8668
팩스 02−723−8630
홈페이지 www.poempoem.com
이메일 poemsijak@hanmail.net

ⓒ 진하, 2021, printed in Seoul, Korea

ISBN 978−89−6021−586−3 04810
       978−89−6021−069−1 04810(세트)

값 10,000원

제웅의 노래

진하

천년의
시 작

오이디푸스의 글쓰기

문학적 글쓰기는 문학이라는 모태에서 장르의 씨앗을 받아 태어난다. 그러나 글쓰기는 아버지 장르를 죽이고 다만 문학을 아내로 삼는다. 장르의 피를 부인하며 애써 어미 문학을 아내로 삼아 하나의 형식을 낳으려는 모순은 얼마나 오이디푸스적인가. 글의 형식에서 장르의 유전을 벗어날 수는 없다. 문학적 글쓰기는 부친 살해의 죄의식을 어머니이자 아내인 '문학'에 대한 사랑으로 갚으려는 불가능한 시도다.

한 시대를 사는 개인의 삶은 얼마나 역사적인가. 가난이나 불화, 사랑이나 열망은 정치나 전쟁과 마찬가지로 역사적이다. 개인의 실존이란 호수에 떨어지는 빗방울처럼, 물거품처럼, 동심원처럼 피었다 사라진다 해도 그 기억의 흔적들은 또 얼마나 역사적인가. 실존은 역사의 그릇에 담겼다가 수채통 속으로 버려진다.

시는 형식에서나 정신에서나 무서운 매혹이다. 오르페우스의 영혼에 숨겨진 죽음의 검은 구멍이 바깥과 통한다는 걸 우리는 직감한다. 홀로 노래를 흥얼거리다가 문득 멈추었을 때 존재는 하나의 귀가 되어 타자의 목소리들이 울려 나오는 관이 된다. 존재 안에 타자의 음성들이 검은 관을 타고 들어와서 놀다 간다.

시, 아버지, 역사, 지푸라기 인형, 이런 말들이 무슨 의미가 있다면 그것은 결국 모어(langue maternelle)에서 발생한 문학이라는 언어 행위가 부어(langue paternelle)의 형상으로 모어 속에 생식하는 양상을 드러내고 있는 모순을 가리키고 있기 때문이다. 삶과 역사 형식의 형용모순. 오르페우스가 지옥으로 찾으러 간 아내는 어쩌면 그의 어머니이지 않았을까. 그렇다면 형식과 말이 역사나 흔적으로 의미 있게 남더라도 결국 아무것도 아니다. 숙명으로서의 삶과 사랑만이 뜨겁게 피었다 사라져 갈 뿐이다.

결국 삶은 사랑의 힘으로 죽음과 대결하는 결투다. 시는 말의 힘으로 분열된 영혼을 구제하려는 랩소디이자 죽은 영혼을 위무하려는 레퀴엠이고. 한 세월을 살고 사라지는 삶의 노래는 광시곡과 진혼가가 뒤엉킨 넋두리가 아닌가.

차 례

시인의 말

해 설

제1부

제웅: '추령芻靈' 또는 '처용處容'이라고도 한다. 이는 원래 짚으로 만든 사람의 형상이지만, 뒤에 와서 형상 대신 종이나 헝겊에 그린 화상으로 대신하는 경우도 있다. 남녀의 나이가 나후직성(羅睺直星, 이를 제웅직성이라고도 한다)에 들면 제웅을 만들어 길가에 버린다. 나후직성이란 나이에 따라 그해의 운수를 맡아 보는 아홉 직성의 하나이다. 이는 9년 만에 한 번씩 돌아오는데 남자는 10세, 여자는 11세 때 처음 든다. 『동국세시기』에 의하면 제웅직성이 든 사람은 제웅을 만들어 거기에 그 사람의 옷을 입힌 다음, 그 머리에 푼돈도 넣고, 이름과 출생년의 간지干支를 적어서 음력 정월 14일 초저녁에 길가에 내다 버린다. 그러면 그해의 액을 막을 수 있다고 한다.

　●『한국민족문화대백과사전』에서.

제웅의 광시곡

삶의 시작은 기억 속에 없다
우리는 어디서 와서 어디로 가는가?
아득한 옛적부터 유전해 온 이 물음
빈 기억의 주변은 맴돌수록 멀어져
울어도 돌아오지 않는 메아리여!
회오리로 번져 나가는 바람이여!

달이 진 밤이거나 구름 낀 한낮이나
가녀린 음악 소리 들려온다 아득히
온종일 울어대는 매미들 소리
이레를 살기 위해 일곱 해를 땅속에서 울었지
그 아비가 벌써 그만큼 울다 갔는데도
쇠줄 하나 오래 울리는 전위 음악

그 음률을 들으며 온 가족이 살던 시절도 있다
가계도의 모든 칸을 메워도 남을 족보
밥 냄새 나면 모이고 불 꺼지면 잠드는 나날
달동네에 개 짖는 소리 여기저기 들리고
간간이 섞이는 아기 울음과 고양이 소리
해와 달이 시차를 잊고 함께 떠 있기도 하던

>
거대한 무덤 위에는 잡초들이 자라고
볕 잘 드는 양지 쪽에서 아이들은 씨름을 했다
멀찍이서 모른 척 소꿉놀이하는 계집애들은
팔뚝이 굵은 녀석들을 먼저 훔쳐보고
낡은 그림책에 눈이 부신 아이는
파란 하늘에서 까만 반점을 셌다

계절이 바뀔 때마다 상엿소리 들려와
만장을 든 이의 뒷모습은 아득히 멀어지고
누런 베옷의 잔영들이 노래처럼 길었다
장례 떠난 상갓집 마당에 번지는 고요
죽음의 눈깔처럼 흩어진 하얀 밥알들을
동네 처녀들은 성근 비로 쓸어 모으고

죽음이 떠나도 그림자는 길게 남아
천도재나 귀향歸鄕풀이를 기다린다
철모르는 자 오래 살아 있으라!
네 잠든 밤에 꿈속으로 돌아오리니……
제상祭床 위에는 아직도 싱싱한 사과와 배
이승과 저승 사이에 징검다리를 놓고

>
죽은 아비는 돌아오지 못하고
술 취한 아비는 깰 줄을 모르니
두 눈에는 피멍, 가슴에는 울화병
늙은 무당의 징 소리에 춤이나 추어 보랴
봉두난발에 취한 서방이 제상을 엎도록
사생아의 울음소리는 오래도록 가늘구나

너의 아비는 누구냐, 어미는 누구냐
아비 다른 아우와 어미 다른 누이가 함께 운다
다 함께 울어도 함께 살 수는 없으니
그래 우리는 정치적으로 살아간다!
민주주의는 어중간한 중도파의 손에 있나니
뿌리도 핏줄도 이념도 묻지 말라

가난 속에서 가난을 모르는 건
저 찬란한 햇살 때문, 바람 때문
하지만 빈혈과 현기증은 햇빛 탓일까
찬 수돗물을 빨아 마시고 철봉에 매달려
하늘 보며 웃으면 귀가 먹먹히
주인 없는 우주가 아득히 흔들린다

\>

월세방 냄비에서 밥물이 끓을 때
노을 진 언덕에서는 아이들 뛰노는 소리
작은 유리창을 지우는 희뿌연 김
그 작은 책장에 그리다 만 얼굴들
가장 가까운 바닷가 모래밭에서는
물결이 제 모습을 다시 육지에 그리고

할머니는 밤새 맷돌을 돌린다
세월을 잊은 사이 저승문은 가깝고
둥근 돌덩이 두 개가 물고 물리며
아득히 멀리서 천둥이 울리고
검은 비가 밤새도록 뿌렸으리
어느새 아침이 청명하게 밝아 와도

어른은 언제나 거대한 관념이어서
불완전한 순환의 나이테 속으로
사유는 어설프게 관념의 그림자를 밟아 오고
낯선 기억에서 벗어나지 못한다
대통령도 선생도 아버지도 경찰도
모두가 독재자인 안정된 질서 안에서

>

총탄 하나가 관념을 관통한 날
나이테 하나가 낡은 옷을 껴입고
조심스레 어른스런 걸음을 내딛는다
대엿새를 울어도 죽은 이의 뒷모습뿐
희미한 국화 한 송이 바치고 돌아올 때
목소리는 무거워지고 어깨가 굳었다

독재보다 그 유령이 더 지독한 법
몽둥이 든 선생, 술병 든 아비는
진압봉 든 순경과 나란히 줄을 서고
까만 책가방 든 아이들은 그 앞에서 경례!
혁명보다 무서운 것이 습관
길들여진 개는 사냥감을 물고 돌아온다

울지 못하는 어머니는 보자기를 지었지만
폐경의 자궁에서 마지막 씨앗은 사산!
산산이 흩어진 청춘의 기억들
색종이 바른 바구니에 무엇을 담으랴
텅 빈 그릇이 혼자 울리는 소리
아득히 친정 조상들의 망혼이 울었다

>

네게 심장이 두 개이듯, 내겐 영혼이 두 개
하나는 머릿속에 떠돌고 하나는 바람에 맡기고
저들이 내통하는 눈치를 너는 알았을까
노랫말에 맴돌던 단조의 선율을
하루 일이 끝난 저물녘에 들리던 새의 울음을
몸은 쉬고 넋은 놀아라 캄캄한 밤에

최초의 언어는 집에서 태어난다
어미가 집 나간 기나긴 밤
새엄마가 부르는 유혹의 노래 들어라
세 벌 화장을 하고 단내 풍기며
두 뺨을 서늘히 감싸던 차가운 손
칼끝처럼 시린 눈매에 한쪽 심장이 베일 때

나는 사실은 내가 아니에요
나는 사실은 나보다 착하고요
나는 사실은 보기보다 씩씩하고요
나는 사실은 조금 무서운 데도 있고요
하지만 나를 사랑해 주세요
나는 사실은 조금씩 다른 내가 될 거예요

\>

나날이 새로워지는 나는 정말 착할 수 있어요
당신이 악마가 아니라면
예쁜 당신이 어리숙한 엄마보다 따뜻할 수 있다면
밤마다 가위에 눌리지도 않고
이부자리에 오줌을 지리지도 않고
아기장수처럼 날개를 달고 날아다닐 텐데

차라리 지푸라기에 몸을 묻으면 무사할까
열 명의 형제 중에 일곱째처럼
이름이 있어도 기억되지 않고
해진 옷을 물려 입어도 괜찮을 텐데
심부름을 할게요 잰걸음으로
문밖에 선 이복형을 불러올까요?

무덤 속의 할아버지는 말이 없고
살아 계신 할머니는 입이 무겁고
이건 민주주의도 공화주의도 아니네요
독재자가 세상을 뜨자 후계 구도 혼란!
문밖에 선 이복형을 불러올까요?
심부름은 잘하죠 시키지 않아도

>
차라리 이웃집 누나의 사랑을 받자
골목길에 남긴 그녀의 향기는 뭘까?
엄마가 쓰지 않는 향긋한 로션 냄새!
등 푸른 생선처럼 싱그러운 머릿결
불쑥 솟은 가슴 가리며 흔들리는
그래도 그녀의 눈매는 아직 어린아이

아, 사랑에는 얼마나 연습이 필요할까!
그늘에서만 피어나는 양하꽃처럼
작은 병들 알록달록 들어선 화장대
그 조그만 실험대에서 무슨 화학을 할까?
향기와 색깔과 촉감이 서로 어울리는
사랑에는 얼마나 많은 연습이 필요한지!

밤 외출이 어둠에 익숙해질 때까지
어둠의 눈과 빛을 조절하는 동공이
감시와 유혹의 미소로 조리개를 감출 때까지
누이의 사랑은 짝사랑에 그치리
버리지 못한 장난감이 로션 병 옆에서
색깔이 바랠 때까지 사랑은 연습!

>

어미 다른 누이의 파란 목도리는
또 다른 유혹으로 너를 부르겠지
우리는 피가 같은 형제일까?
바람에 불려 갔던 홀씨들처럼 떠돌다
어쩌다 제자리로 다시 불려 온
어설픈 불륜의 씨앗일까?

우유부단함이 정치를 망치고
사랑은 민주주의도 독재도 아닌 체제
빠지거나 새거나 붙들리거나 놓치거나
구름에 가려진 햇살은 더 무거워라
사랑은 죄, 씻을 수 없는 원죄
사랑은 속죄, 다 갚을 수 없는

애정 없는 열망이 있다 하더라만
정치 없는 사랑이 있으랴
불탄 자리에 같은 나무는 자라지 않아
폐허의 지혜를 배우라는 말씀인가요?
처녀들의 허벅지를 베고 낮잠을 자는
독신瀆神의 성인이라도 되라는 말씀인가요?

>
처녀를 데리고 한 해를 살자
노한 처녀가 말했다지 전설의 선녀처럼
당신은 나무꾼이 아니었나요?
나의 순결도 전설이 되겠군요
잃어버린 내 저고리가 썩기도 전에
당신의 사랑 연습이 사랑을 망쳤어요

도끼를 잃어버리고 돌아오는 길에
또 다른 나무꾼은 순결을 훔치고
정직한 나무꾼은 새 도끼를 얻었지
단청도 없이 높이 솟은 저 오두막은
무상의 도구로 지어낸 불모의 성지!
아, 심오한 사랑은 불모의 사랑인 것을

어느 제웅이 죽은 어미의 무릎 위에서 운다
다시 사랑을 가르쳐 주세요!
돌이킬 수 없는 사랑을 가르쳐 주세요!
저는 부정의 씨앗이었나요?
사랑은 연습이 필요 없었음을 나는 몰랐어요
다만 사랑은 그저 맹목의 삶이었음을!

\>

사랑이 없는 곳에서 역사는 끝난다
어린 아들아, 딸들아, 바람아,
내가 줄 수 있는 것은 다만 이 감각
너희 등에 묵직하게 기대는 더운 육신
거기서 울리는 또 다른 심장의 박동
목덜미에 느껴지는 간지러운 숨결들

관념 없이도 사랑이 가능할까요?
묻지 말자, 이 따뜻한 손등의 느낌이 뭐냐고
다만 느끼고 기다리고 간직할 것, 그 온기를
여름이 되면 징그럽게 미끄러질 그 변덕을
겨울 동안 다만 그렇게 가까이 존재할 것
그냥 그렇게 시간 속에 오래 머물 것

모든 삶에는 지푸라기로 사라진 반생이 있다
열 살 나이나 다시 찾은 예순의 유년기나
시작도 끝도 모르는 현재와 그리고 타인들에게도
너의 이 세상 최초의 기억의 주인이 아비이듯
네 자식의 역사의 흔적은 네가 훔쳤으니
삶은 시간의 바퀴에 어리는 그림자일 뿐이다

제웅을 위한 진혼가

동터 오는 새벽에 여린 목숨은 저물어라
낮밤 없이 달려온 세월 어느새 잦아들어
칠십 년 한 세월에 칠 년은 혼몽의 시간
팔을 흔들어 보랴 다리를 흔들어 보랴
흰 눈을 띄워 보랴 검은 혼을 띄워 보랴
어둠이 물러가면 새벽빛 오더라만

일흔 해 여든 해가 하루 같던 꿈이던가
조바심치던 마음이여 객기 부리던 심사여
한 세월 다 못 보고 기약 없이 가는구나
삼천갑자 동방삭이는 삼천갑자를 살았다더라만
명부冥府에 장적 없는 사만이는 삼천 년을 살았다더라만
하루 같던 세월이여 꿈같던 시간이여

한여름 매미는 한 철을 울어 눈물이 마르고
한 세월을 웃어 웃음도 하얗게 말랐구나
초혼을 불러도 답이 없고 이혼을 불러도 묵묵부답
나무토막처럼 찬 몸이여 지푸라기 머리칼이여
세 번 불러 삼혼이여 답을 해 보라 어디로 가느냐
불귀! 불귀! 떠났던 고향으로 영영 돌아가느냐

>
귀양다리 과양생이 명부에 들르고 저승에 들르고
천국에도 들르고 아수라 지옥에도 들르고
죽어 반혼 살아 반혼 반쪽 세상이라도 돌아봐 다오
살아서 채 못 한 말 절반의 말이라도 전해 다오
열두 저승다리 앞에서 한 대목 사연이라도 읊어 다오
춤을 추랴 꿍꿍꿍꿍 심방 춤에 따라 춤을 추랴

천진난만 도랑춤을 추랴 발광춤을 추랴
희희낙락 돌아간다고 추랴 돌아온다고 추랴
얼추절추 취해 간다고 추랴 깨어 온다고 추랴
또 보고 싶다고 추랴 영영 보기 싫다고 추랴
한없이 그립다고 추랴 꿈에도 밉다고 추랴
이승살이 일흔일곱 허망하다고 추랴

이름 잃은 나라에 태어난 죄랴
피 묻은 조상이 있건만 이름을 잃었더라
무적無籍으로 산 세월이 소년 십오 세
호적도 없이 산 세월에 나라가 돌아오고
이념이 돌아오고 총칼이 돌아왔더라만
배고픔이 여전하고 추위가 뼈에 사무쳤더라

25

>

사태에 전쟁에 집이 불타고 동리가 소개되고
전적典籍이 불타고 호적 족보가 불타고
살아 있음이 삶이요 살아남음이 삶이었구나
산 넋들이 길을 잃고 죽은 넋들과 섞이고
죽은 넋들이 저승길 잃고 산천을 떠도나니
이 바람은 이승의 것이냐 저승의 것이냐

구제 학교로 가랴 신식 학교로 가랴
국민학교를 나와도 중학교 가기 어려우니
다시 옛 글방에서 천자문에 동몽선습이라
왕조와 가문은 낡은 처마 거미줄에 걸리고
글 심부름에 때 심부름에 풍월을 읊었더라
가갸거겨 하늘 천 따 지 불타 버린 사당에 고하며

스승님이 주신 가르침 하나 수적석천水滴石穿
낙숫물이 댓돌에 구멍을 내는 법이니
땅바닥에 쓰다 지우고 눌린 재에 쓰고 지우고
입지의 청춘이 뿌연 먼지에 날리더라
쇠털 같은 날들에 막막한 누런 구름
비가 얼마나 내려야 낙숫물이 댓돌에 담기랴

>

태풍은 먼 곳을 떠돌고 폭우는 마른 내를 채웠다만
댓돌은 화마에 부서지고 계곡은 총알이 할퀴더라
더디 가는 시간이여 한없는 세월이여
하릴없는 청춘에 담배를 배우고 술을 배우고
노름을 배우고 객기를 배우고
싸움이나 걸어 보자 너는 객이냐 주인이냐

민주주의로 다시 선 공화국은 주인 없는 왕좌였나
혁명 공약으로 다시 선 조국이 불렀더라
논산 연무대 철원 지오피 남한산성 형무소 오갈 때
청춘의 세상은 커졌다 작아졌다 알 수 없어라
조상이 유전해 준 몇 뙈기의 땅이 전부라 해도
그 땅에 민주주의 공화주의라도 세울 수 있었더냐

언약은 지키기 어렵고 땅도 지키기 어려운 것
아버지의 말은 무겁고 형의 말은 더욱 무서운 법
그래도 이 땅에 자식 낳고 키우는 것이 운명이라면
역사가 그렇게 어설프고 질기게 이어지는 것이라면
아, 나는 마음의 반쪽만 역사에 두련다 했건만
거친 손은 언제나 선조의 땅을 갈고 있었구나

>
금생의 송아지가 다간, 사릅, 나릅이 되고
늙은 어미가 새끼를 몇 배 낳고 먼 길을 떠나듯
그대의 숙명은 재갈에 굴레와 같은 것
낡은 목줄을 잡고 언덕배기에서 패대기를 쳐 보라
퍼렇게 눈물 굴리는 암소의 눈을 후려쳐 보라
그 수레를 끌고는 넘을 수 없는 언덕이 아니더냐

검은 게를 잡아 주린 식구들 배를 채우랴
누런 게를 잡아 종이 위에 살려 놓아주랴
가난이여 역사여 빈 수레를 내줄 수 없다더냐
복사꽃 화사하게 핀 날 다섯 식구 모두 태우고
나들이 길이나 한번 떠나 보자 했건만
한 번도 꺼내지 못한 채 입에서만 맴돌던 언약

종문은 폐하고 위폐는 망실되었으니
나는 나를 독재하고 식구를 독재하고
세상도 나를 독재로 다스렸더라
술과 담배는 언제나 독재자의 기호품이니
부실한 이념 불안한 마음 감추려 술을 마시고
쌍갈래로 호기 부리며 담배를 피웠더라

\>

검은 안경을 끼고 성난 눈을 가렸듯
삼베 두건으로 빈혈의 머리를 가려라
눈멀고 귀먹은 백성 위에 눈멀고 귀먹은 독재자
종부는 유언도 없이 서둘러 세상을 떠나고
아이들의 울음소리 집 안팎을 떠돌 때
스스로 감당치 못한 원한의 통치술이여

반쪽짜리 나라에 반쪽짜리 가문
맏형의 독재에 서자의 고자질로 맞서라
아비를 아비라 불러도 답이 없고
지혜 어멈은 전설에나 그려지고
조강지처는 신화에나 떠돌더라
화장기가 짙은 아내는 집을 나가고

새 첩은 새 아이를 데리고 들어오나니
양장에 동동구리무 검은 구두에 휘파람 소리
골목 안으로 석유, 연탄, 솔방울 뒤섞이는 냄새
휘발유 태우며 포니 택시 굴러가는 소리
소주, 막걸리에 맥주, 양주 섞인 토악질 냄새
숭늉, 보리차, 엽차에 커피, 코코아 섞이는 냄새

>
중시조를 찾아 떠난 장자는 돌아오지 못하고
종손은 불탄 소나무처럼 고아로 자라나니
양담배를 물어나 볼까 위스키를 마셔나 볼까
소에 쟁기 매다 경운기를 몰고 트럭을 타도
선영에 잡풀은 무성하고 후손은 귀하구나
마을에는 원조도 시조도 기억하는 이 드물고

차라리 밭을 갈까 책을 읽을까 주경야독이라
늙은 암소에 쟁기를 매고 비탈의 다랑이나 갈아 볼까
초저녁 남폿불 아래서 혁명 공약이나 외워 볼까
전깃불에 텔레비전 켜 놓고 권투나 볼까
혁명이 가면 유신, 유신이 가면 계엄령
독재 속에 양심은 병들고 초목엔 독기가 가득

어린아이들은 벌써 허리가 굽고 눈이 멀고
이념은 잊히고 오로지 살기 어린 눈빛이 되어
조상과 겨루고 아비와 겨루고 이웃과 겨루고
자기와 겨뤄 자기를 이기고 자기를 죽이나니
질식하는 눈빛은 여전히 독재자를 닮았더라
민주주의가 콩밭의 새싹처럼 자랄 수 있다더냐

>

먼저 충忠을 잃고 그다음엔 효孝를 잃고
사랑은 성탄절 찬송가처럼 하루나 흘러갈 뿐
파킨슨 씨와 알츠하이머 씨가 언쟁하는 대뇌 피질 속
몸도 기억도 어쩔 수 없고 그럭저럭하다 끝나려니
아들아 멀리 사는 아들아 마음 멀고 몸 먼 아들아
잃어버린 족보를 기억하느냐 반쪽의 역사를 아느냐

자정이 넘어도 오지 않는 아들아
자축인묘 새날 새 시 넘어간 지 오랜데
초혼 떠나고 이혼이 바람에 식어 가는데
삼혼은 너의 혼에 어리는 혼 네 얼굴에 어린 혼
염습하는 차가운 손에 네 혼이 찾아왔더냐
아비의 마른기침 끝날 때 집 나간 서자 돌아오나니

울음소리 그치고 숨소리 지워지는 어스름
입던 옷 걸치고 안개 속으로 떠나는 혼을 보았느냐
어제 일이 아득하고 푸른 눈빛이 하늘에 비치나니
마른 비석에 새겨지는 젖은 눈물의 그림자를 보았느냐
네가 문득 홀로 걸어가야 할 먼 길의 갈래를 보았느냐
이 끝없는 이야기가 숙명으로 지어낼 역사임을 보았느냐

>
귀향의 노래는 살아남은 이들의 넋 속에 울려라
돌고 또 돌고 돌다 돌아가는 멀고 아득한 길
징 소리 요령 소리 길게 울리는 깊은 밤
떠난 이 돌아오지 않으니 하직 인사가 무슨 소용인가
삼혼은 생인의 혼, 기억에 사는 혼이니
울어라 온몸이 다하도록 호곡하라 온 생이 다하도록

지푸라기 인형의 독백

매일 아침 보는 내 얼굴은 낯설다
아주 오래전부터 날마다 조금씩 나는 변해 왔다
하룻밤 새 어둑하게 자란 수염 자국 만져 보며
다시 익숙해지려 면도질을 하면
잠깐 어제의 모습이 되살아난다
지난밤에 쓰다 만 일기에서 멈춘 모습으로

외롭다는 말은 언제나 내가 내게 하는 말이다
그러니 결국 독백은 없다
나는 나에게서 뿔처럼 돋아나 우뚝하니 불편하고
달팽이의 촉수처럼 나를 제일 먼저 돌아본다
어설피 끌고 다닐 몸뚱어리며 가벼운 집이며
그 낯선 외피가 가장 가까운 나다

어제는 사랑 노래를 부르며 울었다
홀로 부르는 나의 노래의 관객은 나였고
나의 울음소리를 들으며 나는 낯설었다
어둠의 반경 속에서 너의 목소리를 듣는다
우울은 나의 두 개의 감각의 거리에 비례한다
허깨비처럼 나는 오감과 육감을 넘나든다

>

또 하나의 내가 망각된다면 조금 더 행복해질 거다
손녀의 결혼식 뒤에 울음을 터트린 외할머니처럼
헤어지는 일에 익숙해지기에는 아직 먼 시간
다만 나는 아내와 아이들의 목소리를 종종 잊고
잃어버리지도 잊지도 못하는 메아리를 듣는다
시간에 갇히고 길을 잃은 신들의 음성을

사랑의 노래는 언제나 독백이다
내가 너를 부르며 내게 부르는 노래
영원히 네가 듣지 못할 이별의 노래다
내겐 다만 무거워지는 허리와 흐릿한 눈빛과
쉬 갈라지는 목소리밖에 남은 것이 없다
역사와 이념과 추억은 갈래갈래 흘러가고

모든 아버지의 독백은 눈빛의 기억일 뿐
영면의 가장자리에서 애모의 노래를 들을 때
우물거리는 입술과 붉어지는 눈시울
아무도 듣지 못하는 혼잣말을 잠시 되뇌다가
어느새 안락의 잠에 빠져 버리는 나날
꽃잠의 시간이 흐르는 사이 라일락 피고

>

지난해의 향기를 맡으며 다시 부르는 노래
나는 낙천적인 아내를 오래 사랑할 것이다
그녀의 긴 머리칼로 우묵한 요람도 짤 것이다
그 깊은 자리에서 조금 더 외로울 것이고
그녀의 몸속을 유영하는 아주 작은 피톨들과
잠꼬대하며 뒤채는 어린 발들을 만질 것이다

사마귀의 죽음을 애도함

1.

어느 날 문뜩 꿈속에서 나는 길을 잃고
누런 먼지 날리는 마른 진흙 구덩이 속으로
두 다리를 잃고 자꾸만 빠져 들었는데
내가 간신히 뱉어 낸 말은 이상하게도
No legs! No legs! 영어 단어 두 마디
두 손으로 애타게 침대 가장자리를 잡고
No legs! No legs! 하고 다시 홀로 외치다가
겨우 잠과 의식의 경계로 목을 빼고는
무수히 헝클어진 뿌리들을 붙잡는 시늉을 하다가
문뜩 나는 무슨 뿌리 없는 나무가 되려는가 하며
겹쳐진 영상에 뒤엉킨 채로 잠에서 깨었다
흐린 날에 몽롱하게 밥벌이 직장으로 나오는 길에도
꿈의 영상은 어제의 땀 기운처럼 사라지지를 않고
작은 풀밭을 끼고 만든 나무 계단을 내려오다가
분명 며칠 전에 조우했던 그 초록빛 사마귀가
마지막 계단 끝에 짓이겨져 있는 모습을 보았다
기이하게도 커다란 놈이 보도 쪽으로 나와 있길래
두 손으로 보듬어 싸리나무 울 너머로 던진다는 것이
그만 낡은 거미줄에 걸리는 바람에 마음에도 걸렸지만
그 허술한 거미줄쯤이야 녀석에겐 하찮다고

그것도 또 너의 운이다 생각하며 자위하고
그래도 너른 길로 나서면 십중팔구 발길에 차여
목숨 부지하기는 어려울 터라고 근심하기도 하면서
녀석이 호기심인지 호기인지 모를 대범함으로 다시
큰길로 껑충거리며 나서지나 않을까 걱정도 하고
또 눈인사라도 할 인연이라도 있을까 궁금해하던 차에
No legs!라는 이상한 발음을 잠결에 내뱉고 깬 이날 아침에
하필이면 커다란 앞다리만 엉성하게 남고
나머지 몸체는 누렇게 젖은 자국이 되어 사라져 버린
녀석을 나무 계단의 마지막 턱에서 만나고 만 것이다
녀석이나 나나 이 우주의 어느 한 귀퉁이에서
한 톨 먼지나 이슬로 떠돌다가 목숨을 얻어 잠시 놀다가
우연한 운명에 억만 년의 인연으로 한순간 조우했건만
하고많은 사건 중에 이 사연은 간밤의 꿈에서부터
아니 그보다 더 이전의 그 어느 날의 원인에서부터
서로에게 까닭 없이 빚을 진 동족이라도 되는 양
마음 한편으로 한없이 쓸쓸하고 적막해져서
그 한 생이 아쉬워 애도하지 않을 수 없고
더불어 내 두 다리도 자꾸만 만져 보게 되는 것이다

\>

2.

두 다리를 잃어버리는 꿈도 그렇거니와

난데없이 No legs!라고 영어로 주워섬긴 잠 끝에

하필이면 그 나무 계단에서 나뒹구는 사마귀의

두 개의 집게 다리를 보고 기이하여 애도사를 써 놓고

집에 들어가서는 어린것들과 주전부리나 하며

저녁 시간으로 사나운 꿈자리나 지워 볼까 하려는데

하, 이건 또 무슨 우연인가 싶어라

세상의 기인으로 티브이에 나온 주인공이란 사람은

사고로 두 다리를 잃고 한쪽 팔마저 잃고 나서

죽음을 꿈꾸다가 불교에 귀의한 대처승이라

아랫도리는 누렇고 허연 승복의 흔적으로 사라지고

오로지 한쪽 팔로 톱질, 망치질 다 하고서도

바닥에 세워 둔 목탁을 한 손으로 울려대나니

나무아미타불 관세음보살 참 기이하구나!

엊그제의 그 사마귀가 오체투지로 길을 나서다

사람들 발길에 짓이겨져 가시 달린 앞다리 보시하고

허공의 먼 길로 떠나간 인연의 환영인가?

나는 또 꿈을 지우지 못하고 나무 계단이 떠올라

서둘러 잠을 깨고는 그 유해나 수습하고자 하여

입안으로는 뜻 없는 경전을 웅얼거리며

구태여 지름길을 돌아 그곳을 찾아갔더니만
놈의 두 다리는 어디로 갔는지 온데간데없고
검게 짓눌린 몸체와 체액의 흔적 위로
까만 거미 두 마리가 함께 눌리어 죽어 뒹굴고
또 몇 마리의 거미는 썩은 살점을 뜯을 양으로
텅 빈 유해의 가장자리를 맴돌고 있거니와
필시 두 다리는 저 검은 거미 떼가 밤새워 옮겨다가
어느 한 곳에 궁전의 기둥으로 세웠으리라
그렇게 자위해 보자 해도 하릴없이 마음은 허전하여
채를 잃어버린 빈 북인 듯 심장이 공허하였다

3.
이승을 떠나 버린 목숨에 한 번 애도를 보내는 것은
기껏해야 하루 세끼를 거르지 않는 것 정도의
그런 예의에 지나지 않음이라 허튼 몸짓에 가깝고
그래도 어른거리는 눈 안쪽에 남은 생의 흔적이란
부재하는 존재의 편이라기보다는 살아 있는 목숨이
혹여 제 안위를 근심하는 공포의 그림자이리니
제 놈이 진실로 그 떠난 목숨이 안타까웠으면
한평생을 소리 없이 길게 우는 것이 진심이요

호탕한 얼굴에 검은 기미가 번질 일이요
하루살이가 난분분히 추어대는 춤사위의 웃음도
마른 눈물의 부스러기들처럼 흩날리리니
삶에서 웃음이나 울음은 매한가지로 처량하여
생사의 갈림길은 한없이 갈마들고 마는 것이라
그렇듯 웃음도 울음소리도 길게 낼 줄 모른 채
가시 달린 갈퀴로 허공이나 베어대던 사마귀를 잃고
나는 또 줄에 매인 듯 사흘째 같은 형장으로 돌아가
그 잃어버린 두 다리를 찾아보기는 하였으나
하루가 다르게 눌러 터져 마른 그 몸통의 흔적도
조금씩 흩어져 가며 사라지고 있었거니와
네 놈이나 나나 인연은 거기까지라고 또 한 번
마음속으로 기도문을 뇌까리고 마음을 털었건만
그 밤의 꿈에 기어코 다시 나는 거미줄에 엉키어
허공에서 버둥거리는 다리 없는 사마귀 신세가 되고
한참을 가위에 눌리다가 잠에 빠졌던 것이니
이 우화 같은 며칠의 장면들이 내게 벌어진 연유는
내 목숨을 이승에 내준 천생의 인연이 세상을 하직하고
나의 영혼 속에 영원히 부재의 그늘 집을 짓고자
그립고 서러운 작별의 노래를 부르는 까닭이리라

제2부

마치 아무 일도 없었던 듯이

벚꽃 하얗게 날리는
둑길 아래
목이 긴 새 한 마리
그림자 짙다

잿빛 물고기 한 마리
물방울 몇 개
뚝뚝 흘리며
그 목을 넘어갔다

은빛 유리판 같은
개울 속을
다시 들여다보는
죽음의 부리

나무는 마냥
꽃 몸살에 바쁘고
홀린 사람들은
딴 데로 몰려간다

봄밤

감기 뒤끝

천식에 깨어

숨 고르다가

문득

어둠 속 마당을 보니

복사꽃이 환하다

벚꽃이 좋다던

소녀의 눈빛처럼

목련이 필 때

목련이 필 무렵
아버지는 입원하였다
가을의 폐렴이 재발했다

사월에도
눈발 날리는 곳이
어딘가에는 있다

늘 진눈깨비가 내리는 곳도
이 세상 어딘가에는 있다
하얀 목련이 가리키는 그곳이

다시 읽는 『이방인』

강마른 아버지 끝내 요양원에 가시고
식구들은 주말에 면회하러 오고 간다

아버지는 조금씩 말수가 줄어들고
자식들은 나날이 말투가 가벼워졌다

아버지 행장

구름 머무는 산자락
패랭이꽃 한 줄기
철 따라 피고 지고

바람 좋은 날
휘파람 소리
휠릴리 휠릴리

담배 연기 한 줄기
풀 이슬에 젖은 무릎
아침저녁으로 한결같던

어느새

그때 스쳐 간 그 얼굴
언젠가는 봐야지 하고
잠시 미뤄 둔 사이

초여름에 보았던
언덕 위의 붉은 노을
아직도 아련하건만

고향에는 가지 말자
하얀 사금파리 끝
불꽃 꺼진 지 오래다

하루 또 하루

꽃 피고 지고
다시 봄
열매 맺고
또 여름

가을 잎 물들고
얼음 얼고
거울 한 번 더 보고
어느새 겨울 가고

벙그는 꽃 기운에
오늘 오늘이*
매일이**와 놀다가
장상이***와 어울리다가

*, **, *** 오늘(今日)이, 매일每日이, 장상長常이는 제주신화에 나오는 시간
의 신의 이름들.

먼 올레

먼 올레를 보거라
거기 누가 오는지
대청마루에 기대앉은 할머니
지팡이 끝으로 가리키던
바다 구름 바람 하늘

아무도 없는데요
그냥 멀구슬나무에 바람
억새꽃 너머에 구름
휘파람새 호로로기요 울고
다 지나가고 없네요

그냥 먼 올레를 보거라
바다 위에 구름
구름 위에 하늘
그 사이에 바람이 바뀌었는지
누가 떠나가는지

옛 시풍

떨어진 나뭇잎에 눈이 쌓이듯
시나브로 세월은 흘러가고

이방의 구름 너머로 그려 보는 고향
뛰놀던 옛 동산 흔적은 가뭇없다

무겁게 걸어온 인생의 길
봄볕에 사라진 산골짝의 눈이었구나

티티새가 우는 저녁

티티새가 우는 저녁
현창에 이른 달이 떴다

더디게 내리는 북반구의 밤
봄이 벌써 다 간다고

이맘때쯤 고향에는 뻐꾸기가 울었던가
검은 산등성이에 어리는 오로라

깨어 잠

새벽에 잠드는 나를
아는 이 없다

훤한 빛의 장막 속
눈이 빨간 금붕어처럼

잠이 들었다가 깨었다가
자정에서 정오까지

삶과 그림자 곁눈질하는
잠과 꿈 사이

송당의 밤비

송당에 밤비 내려
초승달을 가렸다

홀로 문뜩 깨어
잊힌 얼굴 그리다가

거세진 빗소리에
이름 불러 보았다

미련

괜히 왔다 간다

뭐 볼 것 있다고

분꽃 다 진 어스름 빈집

능소화 줄기 너머로 기웃기웃

초여름 저녁 별 하나

풋잠

사월 벚꽃 지고
홑이불 덮이는 햇살 아래 동그마니
아버지 주무시네

두 입술 꼭 다물고
긴 밤은 언제나 불면인데
노란 바람결에 풋잠 흘러가네

아들아, 먼 데 사는 아들아
길손처럼 들르지 말고 나들이 온 듯 오거라
오랜 뒤에라도 낼모레 온다고 하거라

꽃비 흩날리는 봄날 하늘에
먼 구름 흘러가는데
둥그런 눈가에는 흐릿한 미소

아들아, 먼 데서 온 아들아
잠깐 다녀간다 말하지 말고 가거라
오늘 본 듯 그때도 오거라

봄

봄은 폐허를 뚫고 온다
마치 아무 일도 없던 것처럼
마른 껍질을 깨고 나오는 난생의 파충류처럼

봄은 망각 속에서 온다
가까운 겨울, 그 너머의 아득한 계절들도
마치 아무것도 아니었던 것처럼

봄은 천진한 생명으로 온다
모든 그늘과 죽음들을 외면하며
마치 아무 일도 없던 것처럼

그러니 봄이여 오라
폭풍처럼 오라, 빅뱅이 일어나듯
난바다의 파도처럼 한 번에 밀려오라

먼 별빛

먹장구름 덮여 오는 날
조각난 마음 한쪽
그대 마중 나갔네

우주 어디쯤 먼 고향에서
잃어버린 누굴
부르러 왔나

구두 속 발가락들
벌써 들썩이고
넥타이 풀어 놓고 돌아가야지

별빛 감춰진 허공으로
산산이 부서지는
교신 전파들

가로등에 젖은 눈빛에
붉게 어리네
아득한 별무리의 잔영들

함박눈

눈이 내린다
내려놓으려고
무거운 마음 내려놓으려고
눈이 내린다

괜찮다고
다 괜찮다고
오늘은 조금 쉬겠다고
눈이 내린다

누워 하늘을 쳐다보겠다고
하염없이
하염없이 바라보겠다고
눈이 내린다

소라게

누군가는
달팽이의 우아함을
노래하지만

누군가는
소라게처럼 살기도 한다
허름한 집에

작은 구들 들이고
마음 졸이며
들락날락

억새꽃

선생의 모습은 언제나 늦가을이다
서늘한 바람이 익숙한 길을 돌 때
헤싱헤싱한 머리칼 위로
둥그러니 달그림자가 떴다

먼 길 걸어온 바짓가랑이에
달관과 체념이 헐겁게 휘감겨
누렇게 흙빛 물이 들어도
노장老壯의 길은 쉼이 없구나

빈 하늘빛 어딘가 먼 자리에는
낮별이 숨어 빛나리니
하얗게 일렁이는 억새 파도에서
세월의 노래를 들어라

우두커니

다시 가을이 가까워졌다
내 생애에 몇 번째인가

헤어지고 영영 못 만나는 것들이 늘었다
지키지 못한 언약도 쌓였다

풀잎들이 지워진 산등성이마다
우두커니 비워진 무덤들

하늘이 하얗게 넓어졌다
일찍 떨어진 잎들은 실금만 남았다

내 생애에 다시 몇 번째인가
바람이 낙엽 밟아 오는 소리 듣는다

제3부

선생님
—어린 시인 16

학원 선생님은 우리말을 잘 모른대
어릴 때부터 미국에서 살아서
우리말이 너무 어렵대
화가 나면 영어로 뭐라 하고
짜증 나면 영어로 뭐라 하고

국어 선생님은 영어를 좋아한대
미국 영화를 좋아하고
미국 소설만 읽는대
화가 나면 영어로 욕하고
짜증 나면 우리말로 뭐라 하고

나는 우리말도 아직 잘 모르는데
영어 학원에 가서 영어 공부하고
영어도 잘 모르는 나는
선생님이 쓰는 어려운 욕이나 먹고
우리말로 화내고 우리말로 짜증 내고

어른도 우나요?
―어린 시인 17

어느 날 화장실에서 아빠가 코 푸는 소리
또 풀고 또 풀며 물 튀기는 소리

어느 날 엄마가 설거지하며 수도 트는 소리
또 크게 틀고 또 크게 틀며 접시 닦는 소리

아빠가 머리 말릴 때 아직 안 마른 눈
엄마가 수도 잠글 때 조금 더 떨어지는 물

나이는 공짜
—어린 시인 18

내일은 설날이다
나는 한 살 더 먹으면 열 살이다
떡국을 먹어야 한 살 더 먹는다는데
떡볶이를 먹어도 나이는 먹는다
나이는 공짜니까

어른들은 나이도 먹고 떡국도 먹는다
나는 나이도 그냥 공짜로 먹고
세뱃돈도 쉽게 받는데
어른들은 받는 게 뭘까

나이는 먹어도 배가 안 불러서
어른들은 떡국을 먹는 걸까
나이는 공짜라서 배가 안 부를까
그래도 나이는 공짜니까
나이를 먹으니 난 기분이 좋다

할아버지 꽃
—어린 시인 19

사람은 죽으면 새싹이 되나요?
할머니는 죽으면 할미꽃이 된대요.
할아버지는 꽃을 싫어했나요?
무덤에 초록 풀만 자라잖아요?
아니면 내가 모르는 할아버지 꽃이 있나요?

산타 할아버지의 발 냄새
―어린 시인 20

산타 할아버지가 유치원에 오셨어요

선물을 많이 가지고 오셨어요

빨간 옷에 빨간 모자 쓰고

커다란 자루 어깨에 메고

양말 속에서 선물들을 꺼내

우리 반 애들한테 하나씩 주셨어요

그런데 자꾸만 풍기는 발 냄새

산타 할아버지 발 냄새

하루에 갈 곳이 너무 많아서

우리 아빠처럼 발에 땀이 많이 나나 봐요

아니면 양말이 너무 두꺼워서 그런가요?

정말 이상한 일인데요

이건 정말 비밀인데요

아빠 발 냄새랑 똑같아요

정말 이상하죠?

아빠의 방
—어린 시인 21

아빠의 방은 복잡해

책과 서류들이 뒤엉켜 있어

엄마는 맨날 어지럽다고 잔소리하는데

아빠는 건드리지 말고 그냥 놔두래

보기 좋게만 정리하면

꼭 필요한 것을 빨리 못 찾는대

내 눈에는 어지럽기만 한데

아빠 눈에는 물건의 제자리가 보인대

물론 아직 생각이 정리 안 된 것들도 있대

아빠의 생각은 언제쯤 다 정리될까?

바람의 날개
—어린 시인 22

나는 시원한 바람이 좋아요
바람은 날개를 가졌나 봐요
바람 속으로 신나게 달려가면
가슴 속에도 바람이 가득 차고
바람이 하는 말이 귀에 들려요
나뭇잎들아 날아가라 외치면
회오리바람이 크게 불어와요
그러면 나도 바람의 날개를 펼치고
새처럼 하늘로 날아가죠
언제나 마음대로 바람이 되어
바람의 노래를 부르고 싶어요

툭이나 톡
—어린 시인 23

아빠와 배드민턴을 치면 재밌다
아빠는 툭 치거나 톡 치면 된다고 한다
그러면서 툭툭 친다

옆에서 구경하는 엄마는 언제나 잔소리다
툭 치면 안 되고 톡 쳐야 한단다
엄마는 그래서 톡톡 친다

나는 힘을 내고 치면 툭 하고 멀리 가고
힘을 빼고 치면 톡 하고 떨어진다
엄마와 치나 아빠와 치나 똑같다

엄마와 아빠 둘이는 서로 잘 친다
엄마가 톡 치면 아빠는 툭 치고
맨날 티격태격하는 것처럼 잘 친다

하늘나라
―어린 시인 24

할아버지는 왜 하늘나라에 가셨어요?

하늘나라에는 뭐가 있나요?

날개 달린 자동차가 있나요?

구름 나라 위에 정류장 표시가 있고

할아버지를 만나러 가면 거기서 멈추나요?

비행기는 너무 빨라서 안 되잖아요.

거기 햇빛이 맨날 빛나는 정류장에서

할아버지를 한번 만나고 오면 좋겠어요.

어릴 때 봤었는데 얼굴이 잘 기억이 안 나서요.

새의 울음
―어린 시인 25

노란 병아리를 앞뜰에 묻어 준 날은
새들이 아주 큰 소리로 울었어요

햄스터를 친구한테 줘 버린 날도
울음소리가 이상하게 크게 들렸어요

정말이에요 참 신기하죠?
새들은 사람의 마음을 다 알아요

선거철
—어린 시인 26

저 아저씨 완전 불쌍한 사람이에요.
오늘 유치원 앞에 왔었는데요.
작은 종이 딱지 나누어 주면서
조금만 도와 달라고 했어요.
계속 절을 하면서 그랬어요.

졸음
—어린 시인 27

어젯밤엔 별도 많아
잠이 안 들었는데
아침엔 늦잠 자고
간신히 일어났네요

학교 가는 길부터
발이 무겁더니
공부 시간에 깜박
잠이 들었나 봐요

담임선생님 목소리가
갑자기 크게 들리고
매미 울음이 쏟아졌어요!
창문이 열린 것처럼

발레
—어린 시인 28

할아버지!
빨래가 아니고 발레예요.
제가 좋아하는 멋진 발레를
제발 빨래라고 부르지 말아 주세요.
저는 빨래하러 가는 게 아니고
발레 배우러 가는 거예요.
할아버지가 자꾸 빨래라고 하니까
저도 발레가 싫어지잖아요.
발레라고 예쁘게 말해 주세요.
그리고 저랑 같이 발레 배우러 가요.

생각이 너무 많아
—어린 시인 29

나는 요즘 수업 시간에 생각이 너무 많다
오늘 방과 후 수업은 뭐지?
무슨 학원에 가는 날이지?
오늘은 무슨 숙제가 있을까?
놀이터에 들를 시간은 있을까?
피아노 선생님은 왜 자꾸 선물을 주실까?
너무 생각이 많아 머리가 아프다.
그래서 수업 시간이 금방 끝나 버린다.

어른들은 왜 그럴까?
─어린 시인 30

어른들은 담배가 좋다고 피우는데
얼굴을 찡그리며 뻐끔뻐끔
나는 그 이유를 모르겠다.

어른들은 술을 마시는데
왜 그렇게 맛없게 크흐 하면서
술을 마시는지 모르겠다.

어른들은 뉴스를 보는데
왜 그렇게 재미없는 나쁜 것들만 보는지
난 정말 모르겠다.

어른들은 커피를 마시는데
그 쓰고 뜨거운 걸 후룩후룩 왜 마시는지
난 정말 모르겠다.

학원
—어린 시인 31

오늘은 정말로 심심하다.
딱히 할 일도 없고
재밌는 일도 없고
친구들은 다 학원에 가고
날씨는 너무 좋은데
놀이터에는 아무도 없고
심심하니까 짜증만 난다.
이럴 바엔 학원에나 가야겠다!

사탕
—어린 시인 32

놀이터에서 더 놀고 싶은데
동생이 배가 고프대요
집에 들어가기가 싫어서
주머니에 숨겨 두었던
예쁜 사탕을 꺼내 주었더니
사탕을 얼른 다 먹은 동생은
이젠 배가 더 고프대요
사탕도 아무것도 없는데
동생은 정말 얌체예요
이젠 집에 가야겠어요
사탕만 괜히 아깝네요

나무
—어린 시인 33

나무는 정말 내 친구예요

어린싹은 귀여운 꽃밭이 되고요

조금 자라면 열매를 줘요

또 더 자라면 그늘을 만들어 주고

더 굵어지면 아빠처럼 나를 업어 줘요

또 내가 더 커지면 나무도 커지잖아요

그러다가 아주 엄청 커지면

나무 재료가 돼서 의자도 되고 식탁도 돼요

그리고 내가 할아버지처럼 되면

나무도 할아버지처럼 마른나무가 돼요

그래서 나무가 불쌍해져요

나무한테 고맙다고 해야겠어요

나무는 정말 사람 같아요

신발에게
—어린 시인 34

신발아, 안녕?

난 너의 주인이야.

내가 이 편지를 쓰는 이유는

지금 너무 심심한데 네가 가까이 있기 때문이야.

신발아, 내가 놀이터에서 너무 많이 뛰어놀아서

힘들고 기분이 안 좋았지?

정말 미안해.

내가 재밌게 놀 땐

신고 있는 신발은 신경 안 쓰고

내 자신만 생각했어.

그리고 엄마 아빠께 새 신발 사 달라고 한 것도 미안.

이제부터 내가 너의 진짜 주인이 되어 줄게.

사이좋게 지내자. 안녕.

시
―어린 시인 35

시가 뭐예요?

선생님이 시를 써 오라는데 어떻게 써요?

하늘에 구름, 바다에 바람, 뭐 그런 건가요?

노래하는 나무 얘긴가요?

그냥 노래를 지으면 되나요?

세종대왕도 시를 썼나요?

이순신 장군은 시를 썼대요.

시를 쓰려고 하니 왜 슬퍼지죠?

그건 왠지 슬픈 노래일 것 같아요.

누가 내 마음속에 숨어 있는 거 같아요.

내가 불러 주면 나와서 노래를 부를 것 같아요.

그런데 걔는 누구일까요?

내 마음속에 있는데 딱히 나는 아닌 것 같고

부끄러워서 숨은 내 친구 같아요.

숨바꼭질하다가 오래 못 찾은 아이 같아요.

그런데 이번에 찾으면 깜짝 놀라서

즐겁게 노래를 부를 것도 같네요, 깔깔.

제4부

시시비비

많고 많은 시인들 중에
수많은 시시한 시인들 틈에
시답잖은 시나 끼적이며
시비나 걸어 볼까

시냐 비시냐 반시냐
고백이냐 독백이냐 넋두리냐
서정에 체험에 자전에
몽니나 부려 볼까

아마추어적으로
아마도 아주 추하게
오전에 정오에 자정 너머에
흠흠한 서정으로

시시비비 가려
푸줏간에 붉게 걸리는
비릿한 시
주검에 시비나 걸어 볼까

한국 현대 시문학사

한국 현대시는
한국의 현대시는
한국의 현대의 시는
조선은 아니고, 고려도 아닌
지금 이 한국 대한민국
한국의 한국 시는
아무리 해도
아무리 봐도
소월에서 시작해서
이상에서 끝났다
아무래도 그렇다
이상하게 그렇다
국가의 식민과
민족의 식민과
문화의 식민과
언어의 식민과
그 식민의 요절 속에서
한국 현대시는
완전 독립 한국 시는
윤동주의 부끄러움도

김수영의 분노도
김춘수의 순수도
김지하의 냉소도
고은의 그 모든 것도
저 요절한 시대의
한국 현대시의 역사다
신라와 고려와 조선을 넘어
일제와 미제와 독재를 가로지른
초역사적인 미당은 예외로 하고

시인 유형론

타고난 시인

만들어진 시인

시인이 되고자 한 시인

시인이고 싶은 시인

의지의 시인

욕망의 시인

노력의 시인

영혼의 시인

시를 짓는 시인

시를 노래하는 시인

시를 만드는 시인

시를 그리는 시인

웃는 시인

우는 시인

웃기는 시인

외치는 시인

썰렁한 시인

덤덤한 시인

시를 쓰는 시인

시를 뱉는 시인

시를 받아쓰는 시인

시를 전하는 시인

시를 던지는 시인

언제나 시인

가끔 시인

한때 시인

폼만 시인

향가를 위한 패러디

노래야 나오너라 덩기덕쿵덕
안 나오면 쳐들어간다 쿵짜자쿵짝
바윗가에 암소를 매어 두고서
저 벼랑의 작은 꽃을 꺾어 주오
저 꽃을 꺾어 님에게 바치오리
거북아 거북아 머리를 내밀어라
안 내밀면 냉큼 베어 먹겠다
두 다리는 내 님의 것이련만
또 두 다리는 내 것이 아니로구나
미친놈의 얼굴을 하고 노래야 나오너라
어둠을 살라 먹고 노래야 나오너라
삶과 죽음의 길이 여기 있나니
저 꽃을 꺾어 바람에 바치리니
노래의 꽃을 꺾어 나에게 불러 다오
노래야 나오너라 극락왕생의 길로

구라다라니경

달아나라다라나라
다라가나달아가나
나가다라나가달라
날아달라나라다나
나라가나날아가나
나아가라날아가라
나가살아가라사나
살아나라사라나라
살아나나살아나라
살아달라사라달아
사라다라사라다라
달아달아살아살아
날아라달아달아나
살아나라살아달라
다라나라달아나라

소리

트롬본 소리 울려
귓바퀴 돌아 달팽이관으로
빙그르르 미끄러지면
쏴아 하고 말려 오는
파도 속에 함께 뒹구는
소라고둥 조가비
윙윙 울리는 소리
텅 빈 두개골도
허연 갈비뼈들도
칠현금 소리 내며
자작나무 울타리 지나
산꼭대기 구상나무까지
휘모리장단으로 솟아
쨍한 햇살에 부서지는
노란 트럼펫의 곡선에
덩달아 울리는 꽹과리가
불러오는 마지막 징 소리
놋쇠 가득 담아 놓은
캄캄한 어둠 속 울림
어질병에 진저리 둥둥

봄봄

봄이 오니 봄바람 돈다
겨울바람에 봄바람 들고
마파람 불고 샛바람 부니
살랑살랑 살 오르고
꽃들이 피어 꽃 무더기
봄이 춤을 추며 걸어온다
봄을 보니 내 봄도 보인다
누가 날 좀 보아 주세요
섹시한 봄, 색시의 봄, 색즉시봄
안달하며 안 달아나는 봄
누가 날 안 보면 어떡하나
이 봄에 난 봄에 살아요
살맛 나는 봄 살아나는 봄
청춘의 봄 불로장생의 봄봄
봄 여름 가을 겨울 다 가도록
나는 덧없는 봄에 살리라
봄봄 몸살에 몸 사르리라

살

살아 있다는 건 살이 있는 거
그대가 내 곁에서 숨 쉬고 움직이고
손을 잡을 수 있고 심장이 뛰고
손아귀에 따뜻함이 느껴지는 거

살아 있음이 삶이고
살음으로써 사람이 되고
삶을 살고 살림을 이루나니

살이 온 생명의 에너지로
사랑과 즐거움으로 살을 태워
불처럼 살아나고 살아 오르고

끝내 삶을 불사르고 흔적을 지우며
살아지고 사라지나니!
막막히 사라지나니!

이 꽃 또한 사라지리라

이 꽃 또한 지리라
엊그제 화려하던 벚꽃 사라졌듯이
얼마 전에 피었던 진달래 개나리 지었듯이
오늘 보는 이 꽃들
복사꽃 살구꽃 사과꽃 모두
옛날의 구름처럼 사라지리라
이 기후 변화의 시대에
순서도 차례도 없이 피는
어지러운 봄꽃들
남북극의 빙하가 녹아내리는 시대에
하얀 눈처럼 얼음처럼
너의 웃음도 나의 울음도
모두 꽃처럼 지리라
오늘 보는 이 꽃 또한 사라지리라

이번 생은

이번 생은 이렇게 지납니다
한때는 돈도 좀 만졌지요
일꾼 네댓 거느리고 업체도 운영했고요
뭐 운명이라고 해야 하나 시대라고 해야 하나
삶을 확 비틀어 놓는 그런 것들이 있습디다
믿음에 흥하고 믿음에 속는 거죠
목숨 하나 건지고 식솔들은 흩어지고
외항선 타고 떠돌다가 돌아온 게 선창이에요
어느새 나이는 여든을 넘었는데
어물전에 얼음 실어다 주며 삽니다
불같은 인생 식히려면 다른 일 있겠어요?
다음에 한 번 더 삶이 주어질까요?

국경의 유랑자들

1. 휘들린

네가 태어난 곳은 카리브해의 섬나라
초콜릿 피부에 동글동글한 눈매
고향의 아이들은 진흙 케이크를 먹어요
아빠는 마흔한 살의 노동자
불어를 쓰는 아이티에서 왔죠
유치원 보모가 되고 싶어요
섬나라에 대지진이 나던 날
고무 슬리퍼를 벗고 눈물을 닦던 너
한국은 어디에 있죠?
그 나라에도 지진이 있나요?
고향에는 갈 수 없어요
나는 돈을 벌어야 하고
유치원 선생님이 되고 싶어요
마르세유를 떠나오던 날
역에서 마주친 너는 짙은 화장을 했고
고개를 돌려 나를 외면했지
내가 배운 불어는 파리식 표준어죠
나는 프랑스에 살 거예요

>
2. 린

엄마는 베이징에 살아
아파트가 한 채 있어
서울은 드라마 속 서울하고 똑같니?
나는 파리가 아니면 서울에도 살고 싶어
나는 피아노를 칠 줄 알아
음악 학교에 등록할 거야
더 큰 꿈은 프랑스 여자가 되는 거지
어제는 이혼남한테서 꽃다발을 받았어
나이가 많은 게 흠이야
딸이 스무 살이래
나는 아직 스물다섯인데
그래도 나는 베이징의 스모그가 싫어
언니는 프랑스 농부의 아내가 됐어
한국 사람도 괜찮을 것 같긴 한데
나는 프랑스 음악 학교에 갈 거야
그리고 프랑스 국적을 갖고 싶어
서울에서 살 수 있다면
한국 남자도 생각해 볼 수 있지만

>

3. 한국 사람

아빠는 홍콩에서 사업을 합니다
한국 국적이에요
홍콩에서 국제 학교를 다녔죠
중국인 친구들이 많아요
영어보다 불어가 더 좋아요
무슨 일을 해야 할지는 몰라요
불어 배우고 프랑스 대학을 가 볼까 해요
엄마는 영국에 가라고 하죠
나는 적당히 자유롭고 싶어요
나는 한국 사람이에요
하지만 한국은 너무 작고 좁아요
아빠는 홍콩에서 사업을 하고
나는 대학 졸업하고 아빠 사업을 도울 거예요
뭐 그냥 물려받는 거죠
한국에는 친구가 없어서 갈 일 없어요
그래도 나는 한국 사람이에요

어머니의 일본어

어머니가 배운 일본어 한 문장
오마에 기타나이!
제국의 전쟁 말기 시골 마을에서
어머니가 들은 일본어
오마에 기타나이!
가난한 집에 일본 군인들 쳐들어와
하얀 쌀밥 지어 내라고
마루에 죽치고 앉아 행패 부릴 때
배고픈 어린 여섯 살
기둥 뒤로 숨으며 들은 말
오마에 기타나이!
제사에 쓸 흰쌀로 지은 밥 먹으며
툇마루에서 손가락 빨던 아이에게
일본 군인이 내뱉은 말
오마에 기타나이!*

* 오마에 기타나이おまえきたない(お前 汚い)는 "너 더럽다"는 말.

어떤 시

동네 어귀에 식당이 하나 생겼는데
쇠고기 판다고 간판이 어서오우, 였다
가난한 동네에 쇠고기 사 먹을 사람 몇이겠나
한 몇 달 해 보다가 안 되었던지
오리고기 파는 집으로 슬쩍 바꿔 달았다
이름하여, 어서오리!
이쯤 하면 한 번은 들를 수밖에!

오, 수선!

수선화를 처음 본 열두 살
서늘한 초록빛 줄기 사이로
노란 블라우스에 작은 얼굴
계집애들 틈에 부끄러이 끼어
개구리 합창을 배우던 시절
자그마한 체구에 풍금을 치던
그 선생님 이름은 오수선!
보랏빛 구두에 투피스 정장을 입고
분 냄새 향긋하게 풍기며
당신의 이름을 닮은 꽃이 있다고 하던
열두 살 여린 내 마음
처음으로 수선을 떨게도 하던

곰국 한 그릇

　허랑방탕한 젊음을 보내고 때늦은 후회로 서책에서 이치나 찾아보마고 고적한 학원에 이름을 올리고 잡무를 떠안은 지 수삼 년에 쌓인 것은 서류 더미에 산만한 논총들이라 아둔한 머리로는 어림 감당키도 어렵구나 개탄하며 동학이 '논문'이라고 써서 보내온 상자를 멀찍이 뒤로 물려 놓고 있다가 아주 외면키도 어려워 어느 날 문을 닫고 나가던 걸음에 무거운 눈길을 돌려 보았더니 '곰국'이라는 점심 메뉴가 떡하니 눈에 들어오는 게 아닌가. 그 바람에 늦은 식사로 설렁탕을 비우며 망연히 앉아 있으려니 사람살이를 살피는 공부에 논하여 필문할 게 뭐가 있으랴 의구심이 들면서도 보잘것없는 뇌수라도 오래 우려내어 곰국 한 그릇이라도 낼 수 있을지 한없이 부끄러워지는 것이었다.

밥이 선생이다

철부지 시절 희희낙락
동네방네 돌아다닐 때
문학 공부 한답시고
밤과 낮을 바꾸어 살 때도
결혼하여 늦잠을 잘 때도
밥은 거르지 않았으니
밥이 선생이다
내가 무슨 짓을 하든
삼시 세끼 거르지 않고 나를 살려 준
밥을 지어 준 사람이 은인이다
언제나 밥이 선생이다

유산
—어느 독거인이 쓰다

고맙습니다.

몇 푼 안 됩니다만

저의 몸뚱어리 건사해 주시고

혹 몇 푼 남거든

국밥이나 한 그릇 하시죠.

개의치 마시고.

닭국숫집 서가

여주인은 시 읽기를 좋아하고
닭국수를 판다

손님은 국숫집 서가에 꽂힌 시집들을
곁눈질로 훔쳐본다

무명 시인을 알아보는 이는 없고
닭을 삶아 넣은 국수는 맛이 좋았다

여주인은 국수를 팔고
한가해진 오후엔 시를 읽는다

시골 마을 카페

시골 마을 카페에 시골 사람은 없다
과수원에 논밭에 봄꽃이 피어나는 계절
농부들은 거름 주고 가지치기에 바쁘고
도시를 도망친 여행객들은 환한 창가에서
진한 커피를 마신다 카페의 주인도
도시에서 온 사람이라는 내력이 있다
넓은 창틀에 담기는 파란 하늘과 구름
시골 마을 카페에 조용히 음악이 흐르고
구수한 커피 내음이 나직이 번질 때
농부는 밭고랑에서 인스턴트커피를 마시고
사과나무 배나무에 고운 꽃이 피라고
가지를 치고 거친 풍경을 다듬는다
꽃 망치고 열매 훔치는 잡새들 떠나라고
허수아비도 그럴듯하게 세우는데
그 풍경을 훔치려고 나그네는 차를 세우고
시골 마을 카페에서 커피를 마신다
시골 카페에 시골 사람은 없고
농부는 유리창 너머 풍경 속에 갇혀 있고

회전목마

기분이 울적하면 회전목마를 타세요
한없이 발걸음이 무거울 때
그대를 받쳐 줄 의자가 하나 있나요
몸을 기댈 나무 한 그루는 있나요
가슴이 답답하면 목마를 타세요
돌아가는 회전목마를 타고
돌아가는 세상을 보고 또 보세요
어린 시절 아버지의 무등을 타고 돌던
아이가 되어 보세요 두 팔 맞잡고
돌려 주시던 아버지 생각도 해 보시구요
누구나 조금씩은 흔들리고 있지 않은가요
가끔씩은 쉴 자리가 필요치 않은가요
가볍게 안고 흔들어 줄 그네가 그리운가요
가까이 있던 누군가 멀리 떠난 날은
목마를 타세요 빙글빙글 돌아가는
공중그네는 어떤가요 어차피 이 우주에서
우리는 작은 유성처럼 떠돌고 있잖아요
마음이 휑한 날엔 회전목마를 타세요
헛웃음 날리며 눈물로 하늘을 닦아 보세요

원망

신이시여,
정녕 당신께서 만드셨단 말씀인가요?
이 엉터리 세상을!

시인이여,
설마 당신이 노래하겠단 말인가요?
이 어처구니없는 역사를!

시인하세요.
저 침묵하는 물귀신에게 굴복했다고
시인하세요.
저 음흉한 권력에 무력했다고

어지러운 시인들의 말
어질러진 신들의 말
검은 바다에 흩어질 때
아이들의 노랫소리 구천을 떠도네.

역사

역사는 상처다
유토피아는 항상 유보되는 꿈

끝내 태어나지 못한 너
비겁한 역사의식에 짓눌려 사산해 버린 너

삶은 역사에 대한 사죄
태어난 너와 태어나지 못한 너에 대한 속죄

태어났더라면 희망을 노래하는 시인이거나
절망을 그리는 화가가 되었을 너

너는 도래하지 못한 역사로 남겨지고
나는 너에 대한 그리움과 아쉬움과 속죄로 살아간다

가을의 노래
—문충성 시인을 기리며

찬란하구나, 가을이여!
벌겋게 타오르던 나뭇잎들
누렇게 흩어지며 지는 날
파란 하늘에 구름 두둥실
하얗게 열리는 허공
인생을 사랑하던 시인은
만장輓章도 없이 먼 길을 떠나고
햇살 속에 환히 빛나는 무지개
장엄하구나, 말 없는 늦가을이여!

쓸쓸하구나, 가을이여!
하늬바람 불어오는 북쪽 하늘
멀구슬나무 열매 노랗게 영그는데
시인의 노랫소리 아득하고
검은 바닷가에 억새꽃 사각사각
어디선가 들려오는 발걸음 소리
제주 바다 거센 파도 밟으며
수평선을 넘어가는 빈 그림자
처연하구나, 가을, 가을이여!

고독은 고독이다

국어사전에 의하면 고독孤獨은
세상에서 홀로 떨어져 나와 있는 듯이
몹시 외롭고 쓸쓸한 마음을 뜻한다
쉽게는 부모가 없는 아이의 외로움이며
자식이 없는 늙은이의 쓸쓸함이다
또 사전에 의하면 고독은 고독苦毒이다
그것은 매우 쓰고 독한 기운을 말한다
뱀이나 지네, 두꺼비처럼 외롭고 쓸쓸하여
음습한 그늘에서 쓰고 독한 기운이 쌓이고
그것이 응축되면 고독蠱毒이 된다
그 지독한 독을 누군가 삼키게 되면
배앓이, 가슴앓이, 토혈, 하혈 따위를 겪는다
이런 괴로움들도 어차피 홀로 겪어 내야 할 일이어서
북방에서는 고독考讀이라는 말도 쓴다고 한다
필시 이 모든 고독에 대해 깊이 살피고 생각하여
뜻을 읽어 내지 않을 수 없는 처지를 이름이라
그러니 삶을 온전하고 독하게 주체하려면
자신을 고독고독 굳혀 놓을 수밖에 없다

고백

한 시인이 가난하게 살다 세상을 떴다
흔한 일이다
세상은 가난하고 시인은 많다
남모르게 날마다 세상을 떠나는 사람들

오늘은 그냥 사랑한다는 말이라도 해야 하리라
주문처럼 나는 너를 나처럼 사랑한다고
살아 있는 한 사랑한다고
마지막 숨결까지 두근거리는 사랑이라고

너는 내가 가장 나중에 배운 말이다
세상과 나 사이에서
너라는 이인칭은 종종 잊히고 지워진다
아직 사랑한다는 말을 떠올리지도 못했을 때

세상을 향해 던지는 말들은 바람에 떠돌다가
너의 가슴에 박히는 가시가 된다
너는 언제나 나의 상처였다
쉽게 망각되는 사랑의 그늘이었다

>

사람은 사랑으로 살아간다는 말은 진부하다
시인은 그 말을 남기고 갔다
세상은 가난하고 시인은 떠났지만
진부한 삶은 사랑으로 가까스로 사람을 이어 놓는다

시집을 읽다

시인들이 한 세대 빠른 것이 아니라 독자들이 한 세대 느리다.

늦은 나이에 문학상 수상 시집들을 읽는다.

그동안 나의 젊음은 너무 바빴다, 시 없이도 잘도 흘러간 시간들.

아내는 조금 늙었고 애들은 수숫대처럼 자랐다.

아내는 이제 젊은 시절의 유행가를 조금 느리게 부르고
내 연배의 시인들은 너무 젊거나 늙어 보여서 조금 놀란다.

한때 인기를 끌었던 시인들은 이제는 절필이거나 지리멸렬이다.

또 어떤 이는 세상을 떴지만, 그래도 조로보다는 낫다.

초로의 시인이 예언가이기 어려운 까닭은
오로지 청춘의 문턱만이 오만한 예언의 장소인 까닭이다.

별과 하늘과 꿈의 사다리를 만든 건 그래도 시인들이다.
그 덕에 나는 조금 높은 꼭대기도 보았고 죽음의 호곡 소리도 들었다.

이제는 다시 저 평지의 언어가 그리워진 걸까.
아이들의 말이 새삼 귀에 와닿고 나물 반찬 씹는 맛을 알
것도 같다.

해 설

헛것들을 위한 진혼가

황정산(시인, 문학평론가)

1. 들어가며

영원히 남아 있는 것은 세상에 아무것도 없다. 모든 존재
들, 생명이거나 사물이거나 그것들은 다 사라질 운명을 가
지고 있다. 이 존재들의 소멸의 운명을 나타내는 형식이 바
로 시간이다. 이 시간의 압박을 견디거나 피하기 위해 인간
들은 의미를 만든다. 뜻을 새겨 시간을 넘어설 수 있다는
기대 때문이다. 모든 철학과 종교는 그렇게 만들어졌다. 하
지만 이 의미마저 시간의 지배를 받아 소멸해 가는 것은 피
할 수 없다. 그래서 이제 의미를 버린 사람들이 욕망에 집
착한다. 욕망을 확대하여 카이로스의 시간을 최대한 확장
하기 위해서이다. 그러나 이렇게 확장된 시간은 그 안에 슬

픔을 내재하고 있다. 욕망은 시간에 대한 좌절과 패배를 전제하고 있기 때문이다. 현대 문명의 퇴폐성과 폭력성은 바로 여기에서 기인한다.

하지만 또 한편으로 생각하면 이 시간은 우리가 우연하게 손에 넣은 선물 같은 것이다. 아무것도 아닌 절대적인 무의 상태에서 한 순간 반짝이는 시간을 부여받을 때 우리는 하나의 존재로 모습을 가지게 된다. 그러므로 시간의 한계에 대해서도 우리의 삶의 유한성에 대해서도 다가올 죽음에 대해서도 섭섭하거나 두려울 것이 없다. 하지만 그것을 받아들이는 것은 쉬운 일이 아니다. 이렇듯 인간을 포함한 모든 존재들은 시간의 유한성을 피할 수 없고 정해진 시간 안에 존재한다. 시를 포함한 문학과 예술은, 이런 점에서 봤을 때, 시간의 압박을 피하고 정해진 시간을 연장하려는 성공할 수 없는 노력 중 하나이다. 그것은 카이로스의 시간으로 크로노스의 시간을 넘어서려는 정신 승리이고 사라지는 시간에 대한 시지프스적인 저항이다.

진하 시인의 시들은 바로 이 시간의 유한성, 즉 사라져가는 것에 대한 사유의 기록이다. 그의 깊고 진지한 시의 세계를 살펴보자.

2. 사라지는 것들에 대하여

리들리 스콧 감독의 「블레이드 러너」라는 영화는 복제인

간인 '리플리컨트'들이 자신들이 살고 있는 우주 식민지를 벗어나 지구에 침투해 벌이는 이야기로 되어 있다. 그들이 지구에 침투한 이유는 시간을 얻기 위해서이다. 정해진 짧은 생명을 연장해 자신들의 삶을 영위하면서 갖게 된 욕망을 좀 더 늘리고 싶기 때문이다. 이렇듯 시간은 존재의 형식이고 생명의 징표이다. 하지만 우리는 태어날 때 이미 이 짧은 시간만을 부여받았다. 태어남은 곧 사라짐을 예약한 것일 뿐이다. 다음 시가 이를 아주 잘 말해 주고 있다.

살아 있다는 건 살이 있는 거
그대가 내 곁에서 숨 쉬고 움직이고
손을 잡을 수 있고 심장이 뛰고
손아귀에 따뜻함이 느껴지는 거

살아 있음이 삶이고
살음으로써 사람이 되고
삶을 살고 살림을 이루나니

살이 온 생명의 에너지로
사랑과 즐거움으로 살을 태워
불처럼 살아나고 살아 오르고

끝내 삶을 불사르고 흔적을 지우며
살아지고 사라지나니!

막막히 사라지나니!

　—「살」 전문

　　시인은 '살'이라는 말을 통해 비슷한 음성을 가진 세 개
의 단어를 떠올린다. 육체를 형성하는 '살'과 '살다'의 살과
사라지다의 '살'이다. 특히 '살아지다'라는 살다의 피동형을
'사라지다'라는 동음이의어와 병치시켜 시적 효과를 내고 있
다. 산다는 것은 살을 태우며 불타오르는 욕망을 충족하는
일이다. 그것으로 우리는 살아 있음을 확인한다. 하지만 그
살아 있음은 종래에 "흔적을 지우며" 사라지고 만다. 결국
우리가 사는 것은 내가 사는 것이 아니라 정해진 시간만을
"살아지고" 있는 것이며 "사라지"고 마는 것이다.

　　다음 시는 좀 더 처절하게 이 사라짐을 노래하고 있다.

　　　　이 꽃 또한 지리라

　　　　엊그제 화려하던 벚꽃 사라졌듯이

　　　　얼마 전에 피었던 진달래 개나리 지었듯이

　　　　오늘 보는 이 꽃들

　　　　복사꽃 살구꽃 사과꽃 모두

　　　　옛날의 구름처럼 사라지리라

　　　　이 기후 변화의 시대에

　　　　순서도 차례도 없이 피는

　　　　어지러운 봄꽃들

　　　　남북극의 빙하가 녹아내리는 시대에

하얀 눈처럼 얼음처럼

너의 웃음도 나의 울음도

모두 꽃처럼 지리라

오늘 보는 이 꽃 또한 사라지리라

—「이 꽃 또한 사리지리라」 전문

어떤 시인은 꽃이 피는 것을 한 세상이 창조되는 것이라
고 노래한 적이 있다. 하지만 진하 시인은 이 태어난 세계가
얼마나 허망한 것인가를 노래하고 있다. 꽃이 피고 세상이
창조된다고 하는 시인은 자연의 질서와 그 질서의 영원성이
세상을 지배한다고 믿었을 것이다. 그 믿음 속에는 사라지
는 것에 대한 절망과 허무가 존재하지 않는다. 하지만 진하
시인에게 꽃의 개화는 소멸을 위한 과정이고 그것은 "순서
도 차례도 없"는 카오스의 우연한 시간의 한 순간일 뿐이다.
"남북극의 빙하가 녹아내리는 시대"라는 구절은 생태적 발
상이나 환경파괴에 대한 고발과 비판을 담고 있다기보다는
소멸로 파악되는 시인의 세계관의 이미지화이다. 이 소멸의
운명 속에서 슬픔도 기쁨도 무의미할 뿐이다.

시인은 이 무의미성을 무심함으로 바꾸어 표현하고 있다.

벚꽃 하얗게 날리는

둑길 아래

목이 긴 새 한 마리

그림자 짙다

젯빛 물고기 한 마리
물방울 몇 개
뚝뚝 흘리며
그 목을 넘어갔다

은빛 유리판 같은
개울 속을
다시 들여다보는
죽음의 부리

나무는 마냥
꽃 몸살에 바쁘고
홀린 사람들은
딴 데로 몰려간다
　　　　　　　　　—「마치 아무 일도 없었던 듯이」 전문

　목이 긴 왜가리나 황새가 물고기 한 마리를 잡아 목으로
넘기는 장면은 죽음과 삶이 교차하는 순간이다. 그것은 하
나의 생명이 사라지는 것을 맞이하는 시간이며 한 생명이
자신의 삶의 가장 충만한 순간을 경험하는 시간이다. 그 짧
은 순간의 이미지를 시인은 "죽음의 부리"라는 말로 표현하
고 있다. 그 엄혹한 순간에 나무들은 꽃을 찬란하게 피우
고 있고 사람들은 또 다른 구경을 위해 몰려간다. 그들에
게 이 순간은 "마치 아무 일도 없었던 듯"한 그런 시간이다.

이렇듯 뭔가가 사라지고 한 시간이 종지부를 찍는 순간
은 우연한 사건으로 생기는 것이지만 그것이 무슨 의미를
만들지도 다른 어떤 것의 커다란 원인으로 작용하지도 않
는다. 시인에게 세상은 "은빛 유리판" 같은 차갑고 무심한
곳으로 인식된다. 모든 생명과 사물들과의 관계와 그 관계
속에서 만들어지는 의미는 이 시 안에서 철저히 부정된다.
마치 그런 것은 애초에 존재하지 않는 것처럼 느껴진다. 우
리는 다만 우연히 부여받은 자신의 시간을 살아 낼 뿐이다.

다음 시는 이 무의미성을 좀 더 간결하게 이미지로 만들
어 보여 준다.

목련이 필 무렵
아버지는 입원하였다
가을의 폐렴이 재발했다

사월에도
눈발 날리는 곳이
어딘가에는 있다

늘 진눈깨비가 내리는 곳도
이 세상 어딘가에는 있다
하얀 목련이 가리키는 그곳이

—「목련이 필 때」 전문

사실 목련이 피는 시기와 아버지의 폐렴 재발은 아무런 관련이 없다. 사월에 눈이 내리는 것과 목련이 피는 것도 우연한 시간의 겹침일 뿐이다. "하얀 목련이 가리키는 그곳이" 어딘가에 있다고 시인은 말하지만 그 가리키는 것마저 우연과 무의미가 만들어 낸 한 순간일 뿐이다. 그런데 시인은 이 무의미한 사건의 연결을 왜 시로 썼을까? 그 무의미함 속에 죽음으로 나아가고 있는 아버지의 시간이 다가오고 있음을 강조하고 싶기 때문일 것이다. 아버지의 병환을 목련이 필 때라고 기억하고 싶은 시인의 마음속에서 우리는 어쩌면 무의미한 사건의 연결로라도 위로받고 싶은, 허망한 소멸에 대한 안타까움과 슬픔을 느낄 수 있다. 직접 슬픔을 말하고 있지 않지만 이 시를 읽으면 아련한 슬픔의 정서가 느껴지는 이유는 바로 여기에 있다.

3. 흔적 찾기로서의 시 쓰기

앞서도 얘기했듯이 모든 예술은 소멸의 운명을 받아들여야 하는 시간의 압박과 무의미성을 견디며 그것을 연장하려는 성공할 수 없는 노력 중의 하나다. 어떤 시인은 시간에 의미를 부여해서 견디며 또 어떤 시인은 시간을 넘어서는 초월적인 가치에 영원성을 부여하며 견딘다. 하지만 진하 시인은 특별한 방식으로 시간의 무의미성을 감당하고 있다. 그것은 시간에 의해 소멸된 흔적을 찾아내는 방식이다.

그때 스쳐 간 그 얼굴
언젠가는 봐야지 하고
잠시 미뤄 둔 사이

초여름에 보았던
언덕 위의 붉은 노을
아직도 아련하건만

고향에는 가지 말자
하얀 사금파리 끝
불꽃 꺼진 지 오래다

—「어느새」 전문

   시인은 고향에 가 그리운 얼굴들을 보고자 소망해 왔다. 하지만 누구나 그러듯이 그것은 "언젠가는 봐야지 하고" 끝없이 미뤄지고 만다. 그것은 우리가 영원한 시간을 가지고 있다고 착각해서 생기는 일이기도 하다. 하지만 시인은 고향에 가지 않기로 작정한다. 갈 시간이 없다는 것을 인정하기 때문이고 "불꽃 꺼"지는 것처럼 시간은 소멸로 마무리되기 마련이라는 것을 잘 알고 있기 때문이다. 그럼에도 불구하고 시인은 고향에 관한 것을 완전한 허무 속으로 날려 보내 자신의 기억 속에서 지우지 못한다. 고향에서 봤던 "붉은 노을"이 아직도 아련하게 남아 있고 불꽃이 꺼지긴 했지만 반짝이던 하얀 사금파리는 아직도 선명하게 남아 있다. 이 흔적처럼 남은 기억이 시인으로 하여금 고향을 자신의 현재 시간 속의 한 부분으로 간직하도록 해 주고 있다. 그런데 시의 제목이 "어느새"인 이유는 바로 이 흔적 찾기만으로 자신의 시간들을 확인할 수 있다는 자각 때문일 것이다.

먹장구름 덮여 오는 날
조각난 마음 한쪽
그대 마중 나갔네

우주 어디쯤 먼 고향에서
잃어버린 누굴
부르러 왔나

구두 속 발가락들
벌써 들썩이고
넥타이 풀어 놓고 돌아가야지

별빛 감춰진 허공으로
산산이 부서지는
교신 전파들

가로등에 젖은 눈빛에
붉게 어리네
아득한 별무리의 잔영들

—「먼 별빛」 전문

이 시에서처럼 시 쓰기는 먼 별빛을 찾아 나가는 힘든 여정이다. 그것은 헤어진 누군가를 만나는 일이고 떠나온 고향을 다시 부르러 가는 길이기도 하다. 하지만 그것은 시간의 엄혹함 속에서 "허공으로/ 산산이 부서지는/ 교신 전파들"과 같은 것이다. "아득한 별무리의 잔영들"로만 남아 있는 것이다. 바로 그것을 찾아 기록하는 것이 진하 시인에게 "시"가 된다.

다음 시는 이를 좀 더 분명하게 말하고 있다.

> 내 마음속에 있는데 딱히 나는 아닌 것 같고
> 부끄러워서 숨은 내 친구 같아요.
> 숨바꼭질하다가 오래 못 찾은 아이 같아요.
> 그런데 이번에 찾으면 깜짝 놀라서
> 즐겁게 노래를 부를 것도 같네요, 깔깔.
>
> —「시」 부분

시인은 동심의 눈으로 시를 말하고 있다. 순수한 어린이에게 시는 "숨바꼭질하다가 오래 못 찾은 아이 같"다. 또한 찾은 기쁨으로 즐겁게 노래 부르는 것, 그것 역시 시가 된다. 시간 속에서 소멸해 가는 존재들의 흔적을 찾아가는 긴장과 즐거움을 시인은 이렇게 어린아이의 목소리로 들려주고 있다.

다음 시는 이런 흔적 찾기로서의 시가 보여 주는 어떤 감격의 순간을 "봄"이라는 비유를 통해 보여 준다.

봄은 폐허를 뚫고 온다
마치 아무 일도 없던 것처럼
마른 껍질을 깨고 나오는 난생의 파충류처럼

봄은 망각 속에서 온다
가까운 겨울, 그 너머의 아득한 계절들도
마치 아무것도 아니었던 것처럼

봄은 천진한 생명으로 온다
모든 그늘과 죽음들을 외면하며
마치 아무 일도 없던 것처럼

그러니 봄이여 오라
폭풍처럼 오라, 빅뱅이 일어나듯
난바다의 파도처럼 한 번에 밀려오라

       —「봄」 전문

 이 시에서 "봄은 폐허를 뚫고 온다". 그것은 시간이 허물고 만 우리의 기억과 그 시간 안에서 사라져 간 모든 존재들에서 흔적을 찾아 사라지고 말 것들을 되살리는 시의 언어에 대한 은유로 봐도 무방하다. 그런데 여기에서도 그 순간은 "마치 아무것도 아니었던 것처럼" 온다. 시는 의미와 질서를 부여하고 영원히 남아 있을 어떤 가치를 형성하는 그런 거창한 기획으로 생기는 것이 아니라 시간의 우연성처럼 아무런 의미도 없이 한순간 시인의 감각 속에서 일어난다는 것이다. 그렇게 오는 시적 에스프리가 폭풍이 되고 빅뱅이 되기를 시인은 갈망하고 있다.

4. 맺으며

사라질 운명을 가진 세상의 모든 존재들은 유한한 시간 속에서 우연히 빛을 발하다 없어진다. 그것은 영원히 기억 될 의미도 가지지 못하고 무한히 계속되는 어떤 질서의 일 부분이 되지도 못한다. 그렇게 보였을 모든 존재들은 실재 하지만 없는 존재인 '헛것'들일 뿐이다. 이 헛것들의 노래가 바로 이 시집의 제목인 "제웅의 노래"이다. 제웅은 짚으로 만든 인형이다. 누군가를 대신하지만 누구도 아니다. 의미 를 가지지 못한 존재인 우리 모두는 사실 유한한 짧은 시간 속에서 살다 가는 제웅일 뿐이다. 내 삶과 내가 살았던 시 간이 사실은 아무런 의미도 가지지 못하기 때문이다. 이 시 집은 바로 이런 제웅으로서의 모든 존재들의 흔적을 탐색하 여 그 짧은 삶의 시간을 위로하려는 진혼가이다.

울어도 돌아오지 않는 메아리여!
회오리로 번져 나가는 바람이여!
　　　　　　　　　　　　　　　—「제웅의 광시곡」 부분

라고 울부짖는 헛것들의 슬픔을 시인은 다음과 같이 위
로한다.

기억에 사는 혼이니
울어라 온몸이 다하도록 호곡하라 온 생이 다하도록
　　　　　　　　　　　―「제웅을 위한 진혼가」 부분

시간의 유한함과 사라져 가는 모든 것들을 통해 세상의
허무를 말하면서도 그 허무를 넘어서 진정한 삶과 사랑을
얘기하는 진하 시인의 이번 시집의 시들은 팬데믹 하의 이
어려운 죽음의 시대에 우리에게 큰 위로를 준다.